AF340428

CRÉATION

D'UN THÉATRE D'ESSAI.

MÉMOIRE.

Prix : 50 centimes.

PAUL MASCAGNA, 12-13, GALERIE DE L'ODÉON.

Salon littéraire, 8 bis, rue Saint-Louis (Marais).

1849

CRÉATION D'UN THÉATRE D'ESSAI.

J'ai donc réfléchi que si quelque homme courageux ne secouait pas toute cette poussière, bientôt l'ennui des pièces françaises porterait la nation au frivole opéra-comique, et plus loin encore, aux boulevards, à ce ramas infect de tréteaux élevés à notre honte, où la décente liberté, bannie du théâtre français, se change en une licence effrénée ; où la jeunesse va se nourrir de grossières inepties, et perdre, avec ses mœurs, le goût de la décence et des chefs-d'œuvre de nos maîtres. J'ai tenté d'être cet homme ; et si je n'ai pas mis plus de talent à mes ouvrages, au moins mon intention s'est-elle manifestée dans tous.

(BEAUMARCHAIS, *Préface du Mariage de Figaro.*)

Les journaux ont publié la note suivante :

« Considérant que les divers intérêts *intellectuels* et matériels, engagés dans les exploitations théâtrales, doivent être, dans les circonstances actuelles, l'objet de la sollicitude du gouvernement, et donner lieu à de nouvelles mesures administratives en harmonie avec son principe, comme avec les besoins *progressifs* de l'art et de la littérature ;

« Vu la nécessité de consulter directement ces intérêts, qui devront avoir des représentants dans chaque spécialité, pour aviser, de concours avec l'administration, aux réformes les plus urgentes et préparer les bases d'une administration nouvelle ;

« ART. 1er.—Il est créé, au ministère de l'Intérieur, une *Commission nationale des théâtres.*

« ART. 2. — Cette commission sera composée : 1º d'un délégué du gouvernement; 2° de quatre directeurs de théâtres; 3° d'artistes dramatiques; 4° de trois membres de la presse périodique; 5° d'auteurs dramatiques.

« ART. 3. — Cette commission aura pour objet d'examiner toutes les questions relatives tant à l'organisation qu'à l'administration des théâtres, telles que: droits des hospices, priviléges de théâtres, subventions, censure, cautionnements, concession de billets gratuits, etc.; et de *présenter aux ministres* un ensemble d'observations sur tous les points qui touchent aux intérêts dramatiques.

« Sont élus, dès à présent, membres de cette commission, MM...... etc., etc. »

Cette note, ainsi que la classification nouvelle des beaux-arts, au siége de leur direction, témoigne de la sollicitude du citoyen ministre de l'Intérieur pour un genre de divertissement, ou, si l'on veut, d'instruction, dont la France a déjà retiré tant de gloire. Néanmoins, un grand nombre d'artistes se sont demandé: — Que va-t-on faire?

Nous sommes persuadé que les membres de la commission créée par le ministre seraient fort embarrassés de répondre à cette question.

Pour nous, nous regrettons que les préoccupations du moment ne nous aient point permis une étude plus profonde du sujet que nous nous proposons de traiter. Nous sommes encore chaud du combat, pour ainsi dire; nous n'entrevoyons le théâtre qu'au loin, sous un jour obscur, à travers le drapeau de la victoire. Mais pourquoi laisser faire, si l'on doit faire mal? Efforçons-nous d'imiter les généreux citoyens qui, présidant aux destinées de la société tout entière, ont su trouver, au milieu d'immenses travaux, le temps de baisser les yeux sur un art futile en apparence, mais nécessaire aux habitudes de notre nation.

Nous n'aurons point l'ambition d'inventer le seul remède que l'on puisse appliquer à la maladie chronique qui mine les théâtres depuis longtemps, et dont la gravité s'est révélée et a augmenté à la suite des bouleversements de février. Que ceci contienne le germe d'une idée, *fermenta cognitionis*, comme dit Lessing, et nous croirons avoir assez fait. Nous applaudirons même à l'homme habile qui saurait tirer de ce germe, s'il existe, soit de la gloire, soit du profit pour son propre compte, pourvu qu'il en fît sortir du bonheur et de l'utilité pour tous.

Loin de nous le dessein d'envisager le théâtre au point de vue de Platon, de Rousseau, de quelques philosophes et de la plupart des gens d'église. Qu'un autre cherche à s'enquérir si les spectacles, tels qu'ils ont été jusqu'alors, tels qu'ils pourront être par la suite, ont exercé, exerceront sur les mœurs une action civilisatrice ou énervante. Nous laissons à nos contemporains, à nos descendants, le soin de discerner les avantages ou les préjudices qu'apporteront à une République forte et sage les vivants tableaux des passions et des ridicules de l'humanité. Aujourd'hui, ce n'est point la nécessité du théâtre que nous voulons examiner : c'est sa possibilité de vivre..... allons plus loin! sa possibilité d'être.

I.

Pour reconstituer, il faut détruire. Qu'on nous pardonne donc quelques observations préliminaires et critiques, qui, sans répondre précisément à la note émanée du ministère, concourront à prouver encore l'importance de la seconde partie de ce travail.

Avant les événements de février, les théâtres, non-seulement en province, mais encore à Paris, étaient, au su des artistes, en pleine décadence ; aussi, ce n'est point la crise financière, qui suit les révolutions, que l'on puisse regarder comme la cause première de la situation fâcheuse dont nous avons à nous occuper. Eh! mon Dieu, s'il en était autrement, la note du citoyen ministre serait superflue.

Dira-t-on que le peuple français est *saturé* de représentations théâtrales, et qu'il est impossible de raviver un goût blasé par la satiété?

Les Français forment une nation éminemment, essentiellement théâtrale ; on les a comparés, à juste titre, aux Romains et aux Maures d'Espagne. D'ailleurs, un goût blasé se ravive par des aliments nouveaux. On peut aimer le théâtre, et n'aimer pas le théâtre actuel. Depuis quinze ans, un grand nombre de directeurs ont rouvert plusieurs fois les mêmes salles ; connaît-on beaucoup de ces messieurs dont on osât envier la fortune? Ce n'est point parce qu'on a trop été au théâtre que le théâtre est abandonné.

Passons. Ne nous attachons pas à réfuter tous les autres sophismes qu'on s'avise d'émettre sur l'objet de cette discussion ; sophismes qui, pour la plupart, s'appuient sur la multiplicité de salles et sur l'immoralité des pièces qu'on y joue. Étudions sans retard les causes principales qui nous semblent avoir fait descendre la malédiction du ciel sur le front des directeurs, et la solitude dans la caisse des théâtres.

Ces causes principales, selon nous, sont: la *claque*, la *réclame*, la *collaboration*, et un paradoxe inouï, fatal à l'art, fatal à tous, contenu dans ces six mots : *le public veut des noms connus!*

La *claque!* affreux mot admirablement choisi pour exprimer une chose affreuse! Conçoit-on que des citoyens qui se respectent, que des Français du dix-neuvième siècle, aient si longtemps souffert que des individus inqualifiables leur imposassent l'irritante audition d'une approbation souvent déplacée? Conçoit-on des gens d'esprit attendant, pour se prononcer, le signal de quelques imbéciles ? Conçoit-on enfin d'honnêtes gens dont il faille stimuler la conscience et la raison ?

Conçoit-on des acteurs d'un grand mérite qui ne voudraient pas mettre le pied sur les planches à moins d'être sûrs d'avance du honteux appui de la claque? De sorte que, surpris par l'unanime acclamation de la multitude enthousiasmée, ils sont obligés de se demander tout bas si les applaudissements qu'ils entendent sont le fruit réel de leur talent, ou bien le vain résultat d'un entraînement aveugle !

Conçoit-on des auteurs déjà connus par de véritables succès, marquer eux-mêmes dans de nouveaux ouvrages, ou faire marquer, par des gens aptes à la chose, les endroits qui doivent soulever l'admiration de la foule ? De sorte qu'ils font de la scène un tribunal sans nom, où, payés, ils se montrent juge et partie, tandis que, payant, le public n'est rien !

Vous pouvez prostester, dit-on. Protester! et contre qui ?

D'ailleurs, l'honnête homme qui va au théâtre, qui y conduit sa femme et sa fille, a, nous le croyons, le désir de se reposer dans un lieu de récréation, et non l'intention de voir s'ouvrir une arène où son goût particulier doit entrer en lutte avec le goût factice de la claque. Aussi, loin de protester, l'honnête homme se tait, sourit, se retire, et ne retourne que le plus rarement possible acheter le regret d'un semblable amusement.

Puis, quelle mortelle influence cette claque n'a-t-elle pas sur le génie ? A moins d'être un grand écrivain du premier coup, — ce qui arrive rarement, témoin Corneille, Racine et Molière, — il est impossible au débutant *dramatique* de se faire une idée exacte de la portée ni de l'originalité de son talent. Il ne peut plus même acquérir un léger aperçu de la façon dont les masses s'impressionnent. Plus d'études! plus d'observations! plus d'écoles! Un directeur, énormément maladroit à force d'adresse, flanqué de deux ou trois *algébristes*, jalonne d'acte en acte, de scène en scène, de phrase en phrase, la joie ou les larmes. Et les *claqueurs* d'obéir ! Cependant le véritable public, celui qui sent, qui sait, qui juge *et qui paye*, las d'entendre un vain bruit accueillir le médiocre, laisse silencieusement passer le bon. Succès ou chute, tout devient, pour les spectateurs, surprise, rêve, énigme.

Malheureusement, ceci regarde l'acteur autant que l'auteur. Nous conseillons à ces messieurs d'y réfléchir.

Quelquefois, il est vrai, le public s'arrache à la force de l'habitude ; ordinairement c'est pour siffler. Or, dans ce cas-là, s'il est injuste, ce public, ne le blâmez pas ; c'est par ennui, c'est par dégoût.

Une autre cause encore qui tend à éloigner le public de la scène, c'est la *réclame.*

Voulez-vous savoir à quel but atteignent les réclames ? — Trompé vingt fois par des louanges qu'il croyait sincères, et qu'on avait achetées, le public finit par ne plus accorder aucune foi à ce genre de charlatanisme ; il ne se souvient plus que

Les menteurs les plus grands disent vrai quelquefois.

Doutant sans cesse d'un jugement dont il a reconnu la fausseté, il s'abstient d'aller juger par lui-même.

Dira-t-on que les réclames sont faites de façon à ne tromper personne, et qu'elles ne sont admises que dans quelques journaux?

D'abord, si elles étaient faites de façon à ne tromper personne, elles seraient parfaitement inutiles. Les hommes de lettres, les artistes et les compères, savent à quoi s'en tenir sur la valeur de ces affiches ; mais l'homme du monde, le commerçant, l'ouvrier, l'homme qui *paye*, en un mot, ne sont pas initiés à toutes les roueries de la politique théâtrale. Comme cette politique ne les atteint pas dans leur bien-être, dans leur existence, ils préfèrent s'en éloigner que d'y faire rébellion.

Ensuite, oui, tous les journaux admettent la réclame. Bien plus, les critiques, les bons critiques, ceux auxquels les honnêtes gens accordent volontiers leur attention et leur estime, ont eux-mêmes la coupable faiblesse de terminer leurs feuilletons les plus consciencieux et les plus dignes par des phrases dont la banalité est devenue proverbiale : *En somme, la pièce est amusante et bien jouée. Le théâtre peut compter sur cent représentations.*

Qu'est cela, sinon toujours de la réclame? Cela veut dire : Merci pour nos billets d'entrée.

Il est pénible de voir cette noble presse, à qui l'Europe entière devra bientôt les plus grands bienfaits qu'on puisse retirer de la civilisation, s'abaisser à de honteuses complaisances, que rien ne peut excuser, pas même le dessein d'assurer quelques recettes à un directeur aux abois.

On dit que quelques écrivains ont été assommés injustement par un coup de massue de la presse. Nous l'ignorons. Ce que nous savons, c'est que plusieurs écrivains qui eussent mérité de vivre après avoir été sévèrement encouragés, demeurent aujourd'hui pétrifiés et embaumés dans la réclame, comme des moucherons dans un morceau d'ambre, en attendant le grand jour, le jour prochain d'une complète dissolution.

Une troisième plaie du théâtre, c'est la *collaboration*.

La littérature n'est pas précisément une marchandise ; on n'en produit, on n'en vend pas en commandite ; on ne devient pas littérateur comme on se fait épicier ; on ne peut mettre sur son enseigne : *Denrées dramatiques et autres*, celui qui n'écrit que pour vivre est indigne d'écrire. Et pourtant, que d'auteurs aujourd'hui n'écrivent que pour vivre, sans se soucier d'autre chose que du *succès!* Mais aussi, bon Dieu, quel succès!

Tout en ayant de l'indulgence pour l'aimable étourderie de deux ou trois hommes d'esprit qui tirent, de leurs richesses mises en commun, un joyau léger et brillant, comme on en voit quelquefois, peut-on demeurer spectateur indifférent de cet épouvantable abus qui force le débutant, dramaturge ou vaudevilliste, d'accepter un collaborateur qui descend, par grâce, à prélever la moitié des bénéfices que rapporte une œuvre qui n'est pas la sienne, ou qu'il consent à mutiler? — Nous ne parlons que des gens les plus probes du métier. — Autant, en politique, en industrie, l'association peut être sainte et féconde, autant, en littérature, la collaboration est lâche et stérile. Les forces intellectuelles et les forces physiques ne sont point de même nature. Collaborer, c'est faire acte de suzeraineté ou de vasselage. Collaborer, c'est opprimer ou avilir l'esprit. Collaborer, c'est se faire bandit ou victime; c'est voler ou se laisser voler.

On nous citera quelques heureux produits de la collaboration : est-ce à dire que leurs auteurs, moins paresseux, eussent réussi moins bien en ne cherchant, en n'acceptant, ni le secours de leurs confrères, ni celui de leurs amis? Beaucoup de bonnes pièces modernes ne sont-elles pas signées d'un seul nom ? La collaboration n'a donc qu'un but mercantile. Libre, elle est à peine excusable ; imposée, elle est infâme.

Haine à tous les priviléges, à toutes les tyrannies !

La collaboration est née d'un paradoxe dont nous avons parlé, et que quelques individus intéressés ont inventé pour leur usage : *Le public veut des noms connus.*

Autrefois on donnait tous les emplois publics aux fils des nobles ; ceux-là aussi avaient des noms connus !

Qu'on y songe bien ! si le *déjà vu* attire dans la vie et dans certaines études spéculatives, *l'imprévu* est l'âme du théâtre; nous prenons ce dernier mot dans son acception la plus étendue. La manière d'un auteur fatigue à la fin; et l'homme est pétri de sorte qu'il préfère s'exposer à voir quelque chose de mauvais, dans l'attente de l'extraordinaire, que d'être sûr d'avance de ce qu'il verra.

Oublions de scandaleux procès; passons sous silence les engagements de directeur à auteur, et réciproquement; ne nous occupons point de la distribution des billets gratuits, distribution constamment faite aux gens riches, jamais aux artistes pauvres, tels que peintres, musiciens, sculpteurs, acteurs, hommes de lettres, toutes gens qui ont tant besoin de faire des études et de retremper leur verve; renvoyons enfin à d'autres temps l'examen de ces subventions, cautionnements, droits d'hospice, etc., choses sur lesquelles on porte son attention, mais qui demandent, pour exister, l'existence même du théâtre : courons tout de suite à notre but.

Quoique le talent d'un acteur puisse sauver une pièce mauvaise de la rigueur du public, on doit admettre en principe que les bonnes pièces font les bons acteurs. Or, les bons acteurs et les bonnes pièces font les bonnes recettes. Tout se résume à trouver le moyen d'avoir de bonnes pièces, c'est-à-dire des ouvrages qui, sans violer les *lois naturelles* de la littérature et de la morale, soient d'un genre à piquer la curiosité des indifférents.

Dans l'état actuel du théâtre, sous la dictacture d'un directeur, avec les entraves qui barrent toutes les routes, quel pauvre diable d'auteur parviendrait seul à se faire jouer — sans calembour ? Indubitablement il rencontrera quelqu'un qui ne comprendra pas, qui ne voudra pas comprendre comme lui. Cette divergence d'opinions, vraie ou fausse, fera naître des discussions oiseuses, des coupures exagérées, des changements absurdes, enfin, d'insurmontables dégoûts.

Et puis, en bonne foi, deux hommes peuvent-ils comprendre le théâtre de la même manière ? Par exemple, qu'est-ce ce qu'un directeur demande à un vaudeville ? — Une intrigue, rien qu'une intrigue, toujours une intrigue. Le public est pourtant bien revenu de ces cachettes, de ces fenêtres, de ces portes, de tous ces mille petits accidents dont le ridicule éternel échafaude une pièce qui n'attend qu'un souffle pour tomber. Qui sait ?... le public aimerait peut-être mieux rire du plaisant et instructif tableau d'un bon vice ! Molière créait de merveilleux caractères jusque dans ses farces ; quelle est donc l'intrigue des pièces de Molière ? quelle est l'intrigue de ces délicieux riens que l'on fait souvent, avec un entrain digne de la publicité, dans certains ateliers de peintres ? Quelle est enfin l'intrigue de ces *monologues* ou *dialogues* qui ont obtenu de nos jours, pendant soixante soirées de suite, les applaudissements des spectateurs ?

Qui donc nous délivrera, au théâtre, non plus des Grecs et des Romains, mais de l'inévitable mariage ?

Dans l'état actuel du théâtre, Molière, Corneille et Beaumarchais n'arriveraient pas *seuls* à se faire jouer. C'est à Louis XIV, a-t-on dit, que la France doit Molière ; assurément c'est le plus étonnant cadeau que le grand roi ait fait à la France. Combien Molière vivant aurait encore d'ennemis !... Corneille, balbutiant ses vers, l'air simple et bon, vêtu *comme un marchand de bœufs*, serait chassé par tous les portiers de théâtre, ou tomberait comme un épouvantail dans les salons de leurs maîtres. Que de gants jaunes. en rougiraient !... *Le Mariage de Figaro*, à coup sûr, éprouverait l'injure d'un refus, vu la scène suprêmement ridicule où le comte Almaviva, grand d'Espagne, va lui-même chercher une barre de fer pour briser une *légère porte* (ce sont ses propres expressions), qui céderait à ses seuls efforts, à son épée, à sa colère ; tout cela pour donner à Chérubin le temps de s'évader. Cette scène, réellement déplacée, nécessiterait la retouche d'un *habile faiseur* ; mais alors, oh ! alors, adieu à toutes les grandes beautés de cette remarquable pièce ! Heureusement que Beaumarchais connaissait l'art de traiter avec les Clavijo !

Arrêtons-nous. C'est assez accumuler de reproches et de plaintes contre un état de choses qui va s'écrouler. La révolution de février, après avoir affranchi plusieurs peuples, ne souffrira pas que l'honnête homme de lettres demeure à la merci du marchand de papier écrit, ni que l'acteur d'un mérite naissant ou malheureux reste courbé sous la dignité hiérarchique d'un confrère momifié dans des souvenirs magnifiques. La révolution de février, ouvrant de toutes parts des asiles au travail et au génie, ne laissera point s'engloutir sous ses propres ruines, s'abîmer dans sa corruption, la scène française; cette scène où tant d'intelligences d'élite ont essayé de glaner un maigre salaire, et devant laquelle tous les peuples de l'Europe se sont assis pour applaudir.

II.

En supposant que, par ses soins intelligents, le ministre de l'intérieur parvînt à déblayer les théâtres subventionnés et autres

D'une direction dictatoriale, *privilégiée ;*
D'un comité de lecture imaginaire ou partial ;
De l'influence de quelques auteurs ;
De celle de quelques acteurs ;
D'une chose vague, abusive, mal définie, qui concerne les acteurs et qu'ils nomment *emploi.*
De la claque ;
De la collaboration forcée ;
De la réclame ;
Enfin, de tout ce qui peut, pour le profit et la vanité de quelques personnes, tromper le public, nuire au progrès, ruiner l'art, et gêner le libre cours des productions dramatiques ;

Il resterait encore quelque chose à faire.
Que l'on réfléchisse à la vanité d'un auteur, surtout d'un auteur refusé ! Il ne faut pas, dans une République digne et sincère, qu'un seul citoyen puisse se montrer rebelle ou injuste avec une apparence de raison.
Plus tard, nous reviendrons peut-être sur l'organisation des théâtres en exploitation, et sur la *délimitation* des droits des auteurs qui font partie de la société plus ou moins républicaine des gens de lettres. Songeons d'abord aux écrivains qui n'ont pas débuté, à ceux que la tyrannie a rendus timides, à ceux enfin qui ne sont pas nés. Puisse la République trouver le prix de sa protec-

tion en découvrant parmi eux un véritable rival de Molière ou de Shakespeare !

Le seul moyen, suivant nous, d'encourager et de protéger tous les artistes et tous les auteurs dramatiques, sans qu'un seul d'entre eux puisse se plaindre, c'est de créer un *théâtre d'essai*. Les détails suivants feront comprendre immédiatement toute l'importance, toute la nécessité de ce théâtre. Nous en appelons au bons sens ou à l'expérience du lecteur pour réviser et compléter ces détails.

I. *Organisation du théâtre d'essai.*

1. — Le théâtre d'essai, bâti, acheté ou loué aux dépens de la République, deviendrait un musée où certains ouvrages de l'esprit, où les meilleurs acteurs, chanteurs et musiciens *non casés*, subiraient une exposition publique.

2. — Le théâtre d'essai aurait pour administrateurs cinq employés à appointements fixes : un directeur, et quatre régisseurs.

3. — Les attributions du directeur comprendraient : l'inspection générale, le maniement des fonds, la formation du matériel, etc.

4. — Chacun des quatre régisseurs aurait sa spécialité :
Tragédie et drame ;
Comédie ;
Opéra et opéra-comique ;
Vaudeville.

5. — Ils seraient chargés de la lecture, de la distribution, des répétitions, de la mise en scène, et de la représentation des pièces, chacun dans sa spécialité.

6. — Les chœurs, figurants, costumes, décors, machines, accessoires, etc., seraient fournis par le théâtre d'essai, ou empruntés, toutes les fois que cela serait possible, aux autres théâtres de Paris. Un décret soumettrait les directeurs à cette légère servitude.

II. *Composition de la salle. Représentations.*

7. — Toute place porterait un numéro.

8. — La moitié des places seraient gratuites ; elles seraient destinées à la

garde nationale ; on les tirerait au sort, par portions égales et par billets de deux places, dans les douze mairies de Paris.

9. — Ces billets, gratuits et. numérotés, ne pourraient être vendus ; mais ils pourraient être donnés. On les confierait à la bonne foi des citoyens.

10. — Les autres places seraient taxées proportionnellement à leur importance et à leur commodité.

11. — Deux loges principales, outre celle du Gouvernement, seraient réservées, l'une aux journalistes, l'autre aux membres du comité de lecture dont nous allons parler ci-après.

12. — L'auteur de la pièce représentée, devant rester inconnu, n'aurait d'entrée personnelle qu'après la première représentation.

13. — Les représentations se composeraient de quatre à dix actes, sans compter les intermèdes de musique.

14. — Les représentations auraient lieu quatre fois par semaine : le lundi, le jeudi, le samedi et le dimanche. Elles pourraient devenir quotidiennes, suivant les besoins de l'art et du théâtre.

15. — Les représentations du premier mois de chaque année théâtrale seraient uniquement consacrées au théâtre ancien ou au théâtre moderne connu ; mais toutes les représentations des onze autres mois seraient uniquement consacrées à l'écoulement du répertoire du théâtre d'essai.

III. *Acteurs. Orchestre. Suites de la représentation.*

16. — Pendant le premier mois de l'année théâtrale, trois débuts, trois rôles différents, seraient d'obligation pour chaque acteur.

17. — Chaque pièce du répertoire connu ne serait jouée qu'une seule fois.

18. — Un triple succès ferait admettre un acteur. Pas de troisième début après deux chutes.

19. — Les acteurs seraient engagés pour un an ; ils ne seraient point rétribués.

20. — L'orchestre, composé de vingt à vingt-cinq membres, serait choisi par une commission élective, déléguée à cet effet par tous les musiciens de Paris.

21. — Les membres de l'orchestre ne seraient définitivement acceptés

qu'après avoir exécuté, avec succès et trois fois de suite, un *solo* (ou un *duo*) composé pour chaque instrument. Ces essais n'auraient lieu que pendant le premier mois.

22. — Le rejet, l'admission, l'engagement des artistes musiciens, se feraient aux mêmes conditions que celles qui concernent les acteurs.

IV. *Dépôt ou envoi des ouvrages dramatiques.*

23. — Tous les jours, hormis le dimanche, de midi à quatre heures, par exemple, un registre d'inscription serait ouvert dans un bureau annexé au théâtre d'essai.

24. — Seraient reçus et immédiatement inscrits, avec une date et un numéro d'ordre, tous les manuscrits, déposés ou envoyés *franco*, qui ne porteraient, pour signe de reconnaissance, qu'une devise ou un dessin, ou tous les deux.

25. — Seraient inscrits :

Tout opéra en un acte ;
Tout opéra comique en un acte ou deux ;
Tout vaudeville en moins de quatre actes ;
Tout drame, toute tragédie et comédie ;
Toute pièce enfin, même féerique et chorégraphique, qui n'obligerait point à de grands frais de mise en scène.

26. — Seraient seuls inscrits, les ouvrages d'auteurs inconnus au théâtre.

27. — Chaque auteur ne pourrait envoyer qu'un seul ouvrage à la fois.

28. — Toute infraction aux §§ 26 et 27, faite à la faveur de l'incognito, serait assimilée au vol, et punie comme tel, après avoir été découverte.

29. — La collaboration serait interdite.

30. — Les pièces seraient mises à l'étude, suivant le numéro de l'inscription, après avoir subi l'examen du comité de lecture et d'audition.

V. *Comité de lecture et d'audition.*

31. — Le comité de lecture et d'audition se composerait de dix à douze membres tirés au sort parmi les différentes compagnies de la garde nationale de Paris. On aurait soin de les prendre alternativement dans chaque légion.

Calcul fait, ce service n'aurait pas lieu une fois par an.

32. — Les membres du comité auraient la faculté de se faire remplacer par leurs camarades, auxquels ils donneraient un mot de délégation.

Ce jury renfermerait souvent dans son sein des hommes d'un très-grand mérite. D'ailleurs, quel est l'auteur qui récuserait un jury d'ouvriers?

33. — Les convocations se feraient par lettres signées d'un maire ou d'un adjoint.

34. — Le foyer du théâtre d'essai servirait de lieu de réunion aux membres du comité.

35. — La lecture des pièces à examiner serait faite, en présence du directeur et de dix membres au moins, par le régisseur dans le ressort duquel chaque pièce appartiendrait.

36. — Dans les cas ordinaires, le comité pourrait examiner de quatre à dix actes.

37. — L'admission serait prononcée à la majorité d'une seule voix.

38. — Le directeur et le régisseur de service n'auraient pas voix délibérative. Toutefois, lorsque les opinions se partageraient également, le directeur aurait la faculté de voter.

39. — Le titre de chaque pièce refusée serait affiché sous le vestibule du théâtre. A dater de ce moment, l'auteur aurait deux mois pour retirer ou faire retirer sa pièce, en produisant la devise.

Sur sa demande, on pourrait lui communiquer les motifs qui auraient déterminé le comité à le repousser, afin qu'il acquît au moins un peu d'enseignement d'un travail devenu stérile.

40. — Toute pièce devrait être écrite (*à peu près?*) en français. Toute partition devrait être soumise aux lois ordinaires de l'harmonie.

A cet égard, le régisseur de service pourrait éclairer le comité, en lui mettant le manuscrit sous les yeux.

41. — Le comité aurait des droits de *censure.*

Il pourrait supprimer les mots ou phrases qui porteraient atteinte à la morale publique, ou qui contiendraient d'évidentes personnalités.

42. — Le comité aurait des droits de *collaboration.*

43. — Il pourrait conseiller tous les changements qui n'atteindraient pas la pièce dans son essence.

44. — Toute suppression, toute addition, ne pourraient être admises, qu'après avoir reçu la sanction du directeur.

45. — Les partitions seraient exécutées devant le comité par les musiciens du théâtre.

Les musiciens, ces jours-là, pourraient recevoir une légère indemnité.

46. — Les membres du comité auraient le droit d'assister, *dans leur loge*, à la représentation de la pièce qu'ils auraient examinée.

Placés dans une loge connue, ils subiraient, pour ainsi dire, la honte de leur indulgence, ou l'honneur de leur justice.

VI. *Droits des auteurs, des acteurs et des musiciens.*

47. — En cas de chute, une pièce pourrait être essayée une seconde fois, si le directeur, le régisseur de service, et les acteurs employés, y consentaient. La majorité déciderait.

48. — En cas de succès, aucune pièce ne pourrait être jouée plus de trois fois, à moins d'un ordre du gouvernement en faveur du génie.

49. — L'auteur ne serait nommé qu'à la troisième représention.

Les auteurs de province s'arrangeraient à cet égard avec quelque correspondant de Paris. Les journaux seraient priés d'annoncer les pièces.

50. — Tout auteur qui aurait fait jouer avec succès

Un acte d'opéra ou d'opéra comique ;

Deux actes détachés, ou trois actes ensemble de vaudeville ;

Une tragédie, une comédie, ou un drame au moins en trois actes ;

Aurait droit, suivant le genre de son talent, à une entrée hebdomadaire

Dans un théâtre d'opéra, de vaudeville, de drame, etc.

Une pièce en cinq actes et en vers donnerait droit à une entrée hebdomadaire au théâtre de la République.

51. — Le même auteur aurait encore le droit de faire jouer, dans l'espace d'une année, une pièce au théâtre où il aurait conquis une entrée.

52. — Le même auteur recevrait une médaille ou une prime proportionnée à l'importance de son travail.

53. — Les acteurs jouiraient de droits analogues.

Après avoir achevé, avec honneur, leur année d'engagement au théâtre d'essai, ils auraient droit d'exiger, dans le courant de l'année qui suivrait, outre la médaille ou une prime proportionnée à l'importance des rôles qu'ils auraient créés, un début sur le théâtre où ils auraient conquis une entrée hebdomadaire.

54. — Droits analogues pour les musiciens.

Cette suite d'articles peut être incomplète ; mais elle n'exige aucun commentaire.

Tel est le projet que nous avons l'honneur de soumettre à l'attention de l'Assemblée nationale.

Nous le recommandons, en même temps, à la bienveillance du ministre de l'intérieur, à celle des artistes, des hommes de lettres, et de tous les amateurs de théâtre. Nous sommes convaincu que la réalisation de ce projet aurait une influence prodigieuse sur les destinées de l'art dramatique, et, par conséquent, sur les recettes des théâtres.

ADELPHE NOUVILLE.

1er mai 1848.

Tous les artistes, dans leur intérêt, sont priés de répandre ce mémoire.

Imprimerie Dondey-Dupré, rue Saint-Louis, 46, au Marais.